蓝精灵

MO DAN

魔蛋

[比] 贝 约 著 黄丽云 译

接力出版社
Publishing House

目 录

魔 蛋

这天，蓝精灵村子里一派繁忙景象……明天就是精灵节了。

怎么庆祝呢？

应该好好庆祝一番！

对！精灵节是个非常重要的日子！

咱们放烟花吧？

我讨厌烟花！

或者游行吧？

我讨厌游行！

那咱们开舞会庆祝？在彩灯下跳舞！

我讨厌彩灯！

不放烟花！不游行！不跳舞！那你想怎么过节啊？

我讨厌过节！

瞧他这性格，就爱挑剔！

对！自从他被变色蝇蜇了以后就变成这样儿了！是后遗症！

蓝爸爸来了！我们问问他的意见吧！

让我想想……我有主意了……

接连碰壁！这一招儿又失败了！

我有主意了！咱们挖地道！

地道？我，我……

住嘴！快挖！

进展不错！

这是什么？……啊！一条蚯蚓！

我讨厌蚯蚓！

如果我没算错的话，咱们现在正好在鸡窝下面！

哦！总算到了！

鸡窝在上面！

嗨！接着！

啪碌！

我讨厌鸡蛋！

我再给你一个！这回要当心了！

糟糕！没法从地道里运走！

听着！咱们这么干！

咕咕……

咯咕？

好险！快拉！

?!?

有惊无险！

哇！好重啊！

要是推着它滚呢？

这样轻多了！

哦！

哎！

截住它！

咕咚！

快！跳水！

扑通！

我讨厌水！

幸好浮在水上！

唉，它全湿了！

不过真幸运啊！连个裂缝都没有！

过了一会儿……

到家啦！

蓝爸爸，鸡蛋来了！

啊！

好大一只鸡蛋！

可惜……

你们找的是一只石膏做的蛋！

没办法！你们必须回去再找一只！

我讨厌鸡蛋！我讨厌蛋糕！我讨厌节日！我讨厌……

哦，你看！

一只鸡蛋！

咦！它是从哪儿来的？

母鸡生出来的！

可这附近没有母鸡呀！

不管它从哪儿来的！鸡蛋就是鸡蛋，先弄回家！

也许它不太新鲜了！

我无所谓！反正我讨厌鸡蛋！

你们回来了？回来得很快嘛！

嗯……是！

给我一把汤勺儿！

嘣！

！

嗯！这蛋够结实的！

嘣！嘣！嘣！嘣！

嘣！

！

哎!你成了我?!你是谁?

我是蓝爸爸!

冒牌货!

我才是蓝爸爸呢!

不对!我是蓝爸爸!

蓝爸爸只有一个,那就是我!

我才是真正的蓝爸爸!

你?算了吧!你连胡子都没有!我才是蓝爸爸!

不!是我!

不对!我是!

我喜欢蛋糕!我喜欢鸡蛋!我喜欢节日!我喜欢……

你捣乱,是不是?大象背上长翅膀!

嘻!嘻!

我想……呃……我希望……嗯……我……

行了吗?

哦!你不知道你想要什么!去见鬼吧!

嘣!

哦!对不起!

一只小鸡，它会长大！

变成大鸡！然后长成母鸡！

母鸡是能下蛋的！……

那么这只小鸡……

当它变成母鸡，它……

也会下蛋……

而且是魔蛋！

蓝爸爸！蓝爸爸！

我能要那只小鸡吗？

嗯……可以！

属于我自己？

行啊！

谢谢，蓝爸爸！

看来他喜欢动物！

是个好孩子！

来，小家伙儿！

得先给你弄个围栏！

19

你乖乖的！我到森林里去砍木头！

咔！咔！

嗨哟！嗨哟！

咚！

好了！现在得喂它粮食，这样它才能长大！

我去给它拿玉米！……

哦！玉米地真远！

还需要水！

水来了！

哦！

你这样做可是不讲卫生啊！

哇！真辛苦！可是我不久就会有魔蛋……属于我一个人的魔蛋！

20

完

冒牌蓝精灵

您还记得那个可恶的巫师格格巫吧？自从上次蓝精灵狠狠教训了他一顿之后，格格巫就整天念叨着要报仇。

我要报仇！我一定要收拾他们！

一滴蛤蟆的毒汁……

三颗藜芦子……

行了！有了这杯药水儿，我终于能向那些蓝精灵小坏蛋们报仇雪恨了！哈！哈！哈！哈！

轰！

哈！哈！哈！

23

成功了！我变成蓝精灵了！哈！哈！哈！

变成一模一样的蓝精灵啦！

啊！糟糕！我还差条尾巴！

这下麻烦了！八成哪儿弄错了！

嗯！只好做一条尾巴了！

唉！爬上去还真不容易！

现在涂上一点儿蓝色……

再抹点儿胶水……

胶水

安上！

胶水

成了！跟真的一样！

！

喵呜！

啊！是你呀，阿兹猫！

你看！我变成蓝精灵了！

你为什么这么看着我？不许开玩笑，嗯？

我是格格巫！告诉你了我是格格巫！

不!

快!快!快点儿!

哪!

哇!吓死我了!

上路了!去找蓝精灵的村子!

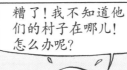

糟了!我不知道他们的村子在哪儿!怎么办呢?

对了,这附近有龙爪菜地……

蓝精灵就喜欢吃龙爪菜……

也许能在那儿找到一个蓝精灵!

过了一会儿……

在这儿!

啊哈!这儿有一个!

咯吱咯吱

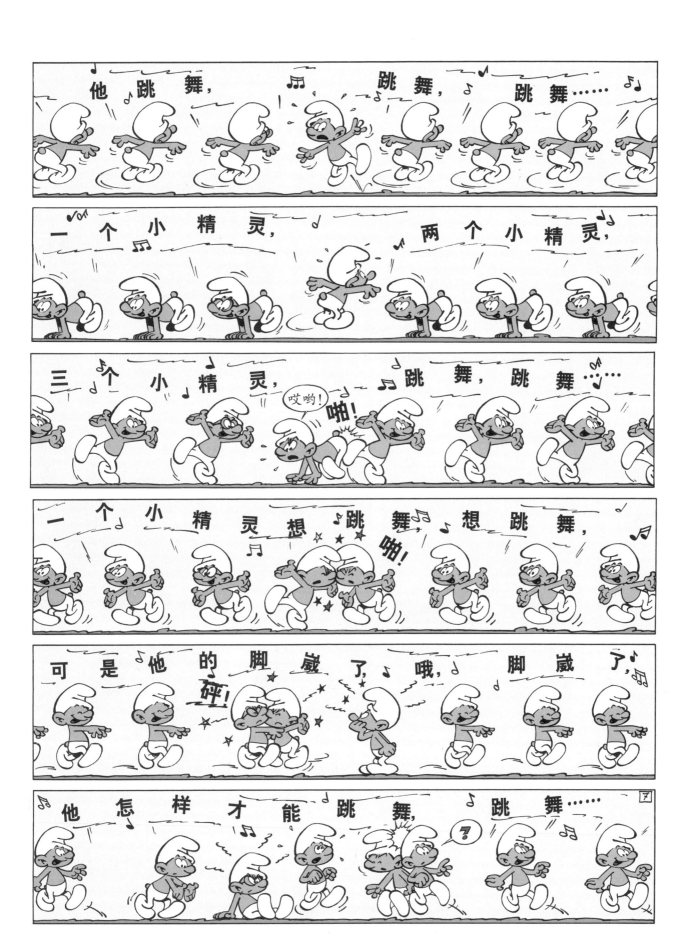

29

停！

谁把这儿搅得一塌糊涂的？你故意的，是不是？

呃……

呃什么？这不是理由！你到别处去吧，走开！

好险哪！差点儿被他们看出来！……现在得找到一个报复的法子！

？

哇，哇！

实验室
闲人免进

现在没人！我溜进去看看！

瞧瞧这个！晚香玉花粉……香脂……

啊！毒药！我要的就是它！

哈！哈！哈！报仇十拿九稳啦！

8

30

两个小时以后……

什么事都没有！这不正常！

我到厨房看看！

锅还在火上！

哎！你干什么？那是我洗的衣服！

没得逞！

得想别的办法！

过了一会儿……

怎么样？……你好些了吗？

嗯……

咦？蓝爸爸到哪儿去了？

我不知道！

蓝爸爸又回到桥上去了！

啊？

他来了！

？

你们都过来！

桥不是偶然断的！绳子是被割断的！这是破坏！

孩子们，我们中间有一个坏人！

哦！

这不可能，蓝爸爸！

我们中间有谁能干这么可恶的事儿呢？

我不知道！可是我一旦抓住他……

我发誓，要让他付出惨痛的代价！……

哦！危险来临了！我最好离开这儿！

因为格格巫刚掉进水里，水把他假尾巴的胶水冲开了，于是……

可我的仇还没报呢！

想个什么法子呢？……

我知道了！今天晚上，等他们都睡觉以后，我就放火烧村子！哈哈！

但是猜疑开始在蓝精灵中间出现了……

你为什么这样看着我？

你好吗？……

很好！

桥的事儿是不是他？

是不是他？

咦？这是什么？

哎呀！这是一条尾巴？！

应该把它拿给蓝爸爸看！

如果我用它来……对！这个主意妙！

蓝爸爸！太可怕了！您看看我身上！

？

我长了两条尾巴！

！

嘻！嘻！嘻！是假的！这是我在那边捡到的木头尾巴！

啊？

木头尾巴？……嗯？这事儿怪啊！

可是……

坏了！咱们中间有个**假**蓝精灵！

啊？

完

第一百个蓝精灵

贝约　Y.德尔波特

糟糕！

我怎么忘了，三天之后就是月亮节了，每六百五十四年才过一次月亮节呀！

为庆祝这个节日，我们要在午夜跳月亮舞，必须得是一百个蓝精灵一起跳！

一百个蓝精灵！我们只有……呃……哎，我们到底有多少蓝精灵啊？

让我算一算……有馋馋！这是一个！

厌厌，两个……

我讨厌蛋糕……

爱教训人的聪聪，三个……

贪吃是个坏毛病！贪吃者的样子很不雅！

我不在乎！

咔嚓！吧嗒吧嗒！

43

惰惰……

灵灵,五个了……

请把榔头递给我!

不对!这是锯!

还有这位,不怎么机灵的,六个!……

啊?

哎!笨笨!

?

喏!送你一件礼物!

这是什么?告诉我,是什么?

啊!这是个惊喜!

轰!

乐乐,七个了……

嘻!嘻!嘻!

喂!浮浮!

加上浮浮,八个了……

我真好看!

扑通!

!

嘻!嘻!嘻!

你捣乱,是不是?

我全湿了!

每次我在水面上照镜子,总有一个家伙往水里扔石头!

我得想个办法!

有了!

有办法了!

我需要一块板……一把榔头!

平平,九十八个!还有我,九十九个!

嘟呜

九十九?就差一个?没法儿跳月亮舞!

?

嘣!

嘣!

嘣!

什么事儿?

嘣!

嘣!

怎么啦?我在做镜子!

3

这天夜里……

嘣！ 嘣！
嘣！

嘣！

嘣！

怎么着？
你想敲上一夜吗？

嘣！
嘣！

不！我敲完了！

啊！总算可以安静地睡了！

多安静啊！

嗯！

刺啦——刺啦——

怎么啦？我总得把镜子磨平啊！

刺啦

第二天早上……

一百个蓝精灵！我到哪儿去找第一百个蓝精灵？

我昨天晚上一夜没合眼！

我也是！

不能继续下去了！你们来！

刺啦

够啦！你把我们的耳朵都震聋了！

好吧！我到森林里去磨镜子！

总算走了！

啊！至少在这儿没人打搅我了！

我也不影响别人！

刺啦

刺啦

刺啦

行了！做好了！

就差装镜框了……

？

轰隆隆……

47

啊！
他还在！

啊！
他还在！

救命！

救命！

……还是需要第一百个蓝精灵啊！

蓝爸爸！
蓝爸爸！

您看！
您看！

我本来在森林里照镜子，突然打雷了，后来镜子就不见了，他就在那儿了！

我本来在森林里照镜子，突然打雷了，后来镜子就不见了，他就在那儿了！

太神奇了！雷电使镜子里的图像有了生命！……你……呃……你们明白了吗？

没有！

没有！

那……那我的问题就解决了！他就是那第一百个蓝精灵！

大家快集合！
我们马上排练月亮舞！

噢！太棒了！我们要跳舞了！

我讨厌跳舞！

他呢？我拿他怎么办？

他呢？我拿他怎么办？

停！不行！

我们一会儿接着排练！第一百个蓝精灵，你什么都反着唱。你到这儿来！其他蓝精灵可以休息了！

喂！你过来，影子！

可是他是影子！

下是我是影子！

你们先协商好！真的蓝精灵可以走了！另一个留下！

好！啊！

你！啊！

这样没个完！

你们两个都来，抬起右臂！

不对！是右臂！

看，这不是吗？

这不是吗？

你们听着！当我说抬起右臂时，影子蓝精灵就应该抬起左臂，不是影子的蓝精灵就抬右臂！你们听明白了吗？

嗯……

……嗯

好！抬右臂！

不对！你，抬右臂，你，抬左臂！

不是你，左臂！你！而你，右臂！不对！你，抬右臂！……嗯，不！左臂！

这是第一次影子没有和浮浮的动作一样。他们的同步动作现在被打破了……

哦！镜子破了！

我现在怎么办呢？

得去另外找一面镜子！

我的运气真不好！

九十九个蓝精灵！！……今天晚上我们就要跳月亮舞了！

您有镜子吗，蓝爸爸？

没有！为什么？

嗯，我把森林里的镜子撞破了，我想进到里面去，因为我实在不想再当影子了！可是我穿过了镜子，把它撞碎了！

什么？你是影子？可是我听懂了你的话！……

啊！

抬左臂！

左……

好啊！他变成真正的蓝精灵了！我们有第一百个蓝精灵了！

桂图登字：20-2008-026

蓝精灵

图书在版编目（CIP）数据

魔蛋／（比）贝约著；黄丽云译 .—南宁：接力出版社，2008.6
（蓝精灵）
ISBN 978-7-5448-0322-9

Ⅰ.魔… Ⅱ.①贝…②黄… Ⅲ.漫画：连环画-作品-比利时-现代 Ⅳ.J238.2

中国版本图书馆 CIP 数据核字（2008）第 073117 号

责任编辑：曹 敏 美术编辑：郭树坤
责任监印：刘 签 版权联络：曾 齐

社长：黄 俭 总编辑：白 冰
出版发行：接力出版社
社址：广西南宁市园湖南路 9 号 邮编：530022
电话：0771-5863339（发行部） 5866644（总编室）
传真：0771-5863291（发行部） 5850435（办公室）
网址：http://www.jielibeijing.com http://www.jielibook.com
E-mail:jielipub@public.nn.gx.cn
经销：新华书店

印制：北京国彩印刷有限公司
开本：889 毫米 × 1194 毫米 1/16
印张：4 字数：60 千字
版次：2008 年 6 月第 1 版 印次：2008 年 6 月第 1 次印刷
印数：00 001—25 000 册
定价：19.00 元